HIYOKOI

7

Moe Yukimaru

SOMMAIRE

HIYOKOI

PERSONNAGES PRINCIPAUX

Yushin Hirose. Taille : 1 m 92.
Garçon très populaire au sein de la classe.
Il dépasse Hiyori de 50 cm !

Hiyori Nishiyama. Taille : 1 m 42.
Lycéenne "petite et moelleuse comme un poussin".

Les amis du lycée

Reina Matsushima
Vient de rentrer de l'étranger.
Elle est amoureuse de Yushin.

Ko Nitobe
Voisin de table de Hiyori.

Ritsuka Nakano
Amie d'enfance de Hiyori.

Natsuki Aizawa
Camarade de classe de Hiyori.

Kisaki Tominaga
Amie d'enfance de Yushin.
Elle fréquente un lycée d'élite.

INTRODUCTION

Victime d'un accident de voiture, **Hiyori Nishiyama** effectue sa rentrée au lycée avec plusieurs mois de retard. D'une timidité maladive, c'est avec beaucoup d'appréhension qu'elle intègre sa classe. Mais son voisin de table, le populaire et jovial **Yushin Hirose**, change rapidement la donne ! Petit à petit, Hiyori tombe même amoureuse de lui.
Le temps passe, et nos héros sont à présent en deuxième année. Au cours des vacances d'été, Hiyori prend son courage à deux mains et invite l'élu de son cœur à un feu d'artifice. Là, emportée par le flot de ses sentiments, elle lui avoue son amour. À sa grande joie, le jeune homme lui répond qu'il l'aime aussi ! Nos deux héros forment désormais un couple. Mais tout est si nouveau pour Hiyori ! Malgré les erreurs et les hésitations, elle décide de faire tout son possible pour changer…

HIYOKOI
7
Moe
Yukimaru

SALUTATIONS !

BONJOUR ! BONSOIR !
C'EST YUKIMARU !
MERCI D'AVOIR ACHETÉ CE 7ÈME
VOLUME DE HIYOKOI !
J'AI CHOISI DE FAIRE UNE COUVERTURE QUI SOIT DANS LA CONTINUITÉ
DE CELLE DU VOLUME PRÉCÉDENT.
JE L'AI RÉALISÉE EN ME DISANT,
AVEC ATTENDRISSEMENT :
« ENFIN, ILS SORTENT ENSEMBLE »...
QUOIQU'ILS N'AIENT PAS ENCORE
VRAIMENT L'AIR D'UN VRAI
COUPLE (LOL).
MAIS PASSONS.
CE TOME SERA CONSACRÉ
À LA FÊTE DU LYCÉE !
POUR LE DESSINER, J'AI ESSAYÉ
DE PUISER DANS MES SOUVENIRS
DE LYCÉENNE, BIEN QUE...
PERSONNELLEMENT, JE NE
ME RAPPELLE PAS AVOIR FAIT
D'EFFORT NOTABLE.
COMMENT DIRE... JE LAISSAIS
LES AUTRES S'OCCUPER DE
TOUT À MA PLACE ?
EN Y REPENSANT, JE ME SUIS
SENTIE UN PEU DÉSOLÉE.
IL N'EMPÊCHE QUE HIYORI, ELLE, VA
FAIRE BEAUCOUP D'EFFORTS !
VOILÀ ! VOUS SAVEZ TOUT !
BONNE LECTURE !

↖ IL Y AURA DU TANAKA DEDANS !

TAPEZ VOTRE MESSAGE
BONNE NUIT
J'HÉSITE...
QUEL SMILEY UTILISER POUR TERMINER MA PHRASE ?
カチ TIC
カチ TIC
CELUI-CI EST MIGNON... MAIS CELUI-LÀ EST PLUS...

HIYOKOI

DIS, PEUH ! LEQUEL TU CHOISIRAIS, TOI ?
BIP
QUE... ?
NOOON !
TU L'AS FAIT PARTIR SANS SMILEY !
J'AI ENCORE DU MAL À RÉALISER, MAIS...
BOÎTE D'ENVOI
TO HIROSE
AUJOURD'HUI, J'AI MANGÉ UNE OMELETTE AU RIZ ! JE ME SUIS RÉGALÉE !
BONNE NUIT - END -
... ÇA Y EST !
JE SORS AVEC HIRO-SE !
AVEC UN SMILEY, ÇAURAIT ÉTÉ PLUS MIGNON...
LE CONTENU N'EST-IL PAS UN PEU TROP FUTILE ?
D'UN AUTRE CÔTÉ, IL M'A AUTO-RISÉE À LUI ÉCRIRE TOUS LES JOURS...

CINQ MINUTES.
VA-T-IL ME RÉPONDRE ?
HÂTE
HÂTE
DODOM
DODOM
VINGT MINUTES.
SILENCE
BI... BIZAR-RE...
ARGH !
MAINTENANT QUE J'Y PENSE...
... IL N'A PAS PRO-MIS QU'IL ME RÉPON-DRAIT !
OUIIIN !
RICCHAAAAN !
QUE SE PASSE-T-IL ?
ÇA N'A PAS FRANCHEMENT BOULEVERSÉ MON QUOTI-DIEN...
CUI
CUI

HMMM...
MON RÉVEIL...? NON, C'EST UN APPEL...
BIP
RIC-CHAAAAN...
J'AI ENCORE SOMMEIL...
C'EST MOI !
SALUT !

1

POUR LA SORTIE DU VOLUME 6, J'AI FAIT UNE SÉANCE DE DÉDICACE. MERCI D'ÊTRE VENUS AUSSI NOMBREUX ! J'AVAIS SÉRIEUSEMENT PEUR QUE PERSONNE NE SOIT LÀ, ALORS VOUS M'ÊTES TOUS APPARUS COMME DES ANGES ! ☆ PARMI VOUS, IL Y AVAIT PLUSIEURS GARÇONS. ÇA M'A BEAUCOUP SURPRISE, MAIS AUSSI FAIT TRÈS PLAISIR ! (LES LETTRES QUE JE REÇOIS PROVENANT QUASI EXCLUSIVEMENT DE FILLES...) C'ÉTAIT TRÈS APPRÉCIABLE D'AVOIR PU ÉCOUTER L'AVIS DE GARÇONS. J'AI ÉGALEMENT DISCUTÉ AVEC DES GENS QUI M'ONT DIT AVOIR PRÉNOMMÉ LEUR FILLE "HIYORI" (!), ET D'AUTRES QUI M'ONT EXPLIQUÉ ÊTRE DEVENUS AMIS LORS DE DÉDICACES PRÉCÉDENTES. CETTE SÉANCE AURA ÉTÉ RICHE EN ÉMOTIONS ! ENCORE MERCI ! ☆

... INFINIMENT PLUS HEUREUSE.
GLOING
ぽわー
IL M'A APPELÉE POUR LA PREMIÈRE FOIS.
TU AS REÇU UNE RÉPONSE À TON MAIL, ON DIRAIT ?
HU HU HU !
CO... COMMENT TU LE SAIS ?
QUAND JE PENSE QUE TU SORS AVEC YUSHIN !
ÇA FAIT DRÔLE !
ENTRE ÇA ET LA FÊTE, LA RENTRÉE COMMENCE FORT !
QUELLE FÊTE ?

TU N'ES PAS AU COURANT ? LA FÊTE DU LYCÉE !
ELLE N'A LIEU QU'UNE FOIS TOUS LES TROIS ANS. LES AUTRES ANNÉES, ELLE EST REMPLACÉE PAR DES INTER-CLASSES.
AH BON ?
ÇA ALORS ! CE SERA MON PREMIER VRAI ÉVÉNEMENT SCOLAIRE ICI...
IL Y A BIEN EU LE PIQUE-NIQUE, MAIS...
L'ANNÉE DERNIÈRE, LES INTER-CLASSES ONT EU LIEU PENDANT QUE TU N'ÉTAIS PAS LÀ.
LA FÊTE SERA OUVERTE AU PUBLIC ! IL PARAÎT QUE C'EST QUELQUE CHOSE !

J'AI HÂTE !
LA FÊTE DU LYCÉE...
J'IMAGINE QUE ÇA N'A RIEN À VOIR AVEC CELLE DU COLLÈGE...
BLA
SALUT !
AU COLLÈGE, CE N'ÉTAIT PAS OU-VERT AU PUBLIC...
BLA
KRAA
——...
SALUT, KO !
TU AS L'AIR HEU-REUSE, CE MATIN...
OUI ! J'ATTEINS DES SOM-METS, EN CE MOMENT !
AH BON
ALORS TU NE POURRAS QUE REDESCEN-DRE.

QUAND ON ATTEINT LE SOMMET D'UNE PENTE, ON NE PEUT PLUS QUE DESCENDRE.
POU... POURQUOI TU DIS ÇA ?
ON PEUT ARRIVER SUR DU PLAT...
TU AS ENTENDU ? CE SERA BIENTÔT LA FÊTE DU LYCÉE.
J'AI HÂTE !
BOF.
JE M'Y ATTENDAIS.
SALUT, YUSHIN !
DODOM
DODOM
HIROSE ...
TU ARRIVES TÔT, CE MATIN !
C'EST RARE...

TU AS REGARDÉ HIYORIN ! INUTILE DE NIER !
くす HI HI
TU LUI VOLES UN REGARD SOUS NOS YEUX ?
PETIT COQUIN !
くす HI HI
ÇA SUFFIT !
FICHEZ-MOI LA PAIX !
DODOM ドキ
ドキ
DODOM
JE REPENSE À SON APPEL DE CE MATIN…
かあぁ~ BLUSH
ASSEYEZ-VOUS !
ガラ ROULE
SALUT MITTAN !
ざわ BLA
ざわ BLA
MITTAN, ON VA FAIRE QUOI POUR LA FÊTE, DANS NOTRE CLASSE ?
AH, VOUS ÊTES TOUS DÉJÀ AU COURANT ?
J'AI PRÉVU UNE RÉUNION SPÉCIALE AUJOURD'HUI POUR CHOISIR NOS REPRÉSENTANTS AU COMITÉ D'ORGANISATION.
IL EN FAUT DEUX PAR CLASSE.
BON, ALORS… TANAKA, ÇA FAIT UN.
OK, OK.
PAS LES DÉLÉGUÉS.
AH BON ?

YUSHIN, QU'EST-CE QUE TU DIRAIS DE TE LANCER ?
MOI ?
TU T'ES CHARGÉ DES INTER-CLASSES, L'AN DER-NIER !
C'EST MÊME TA CLASSE QUI A GAGNÉ !
C'EST VRAI ? OUAH !
DÈS LA PREMIÈRE ANNÉE ?
CE N'EST PAS SPÉ-CIALEMENT GRÂCE À MOI.
NE FAIS PAS TON MODESTE !
IL... IL A ÉTÉ L'UN DES ÉLÉMENTS MOTEURS PENDANT LES INTERCLAS-SES ?
IL EST TOUJOURS AU CENTRE DE TOUT...
COMMENT PUIS-JE ÊTRE LA PETITE AMIE D'UN GARÇON SI EXCEP-TIONNEL ?
TU NE PEUX QUE REDES-CENDRE.
NON ! NON ! JE RES-TE AU SOM-MET !
TOURNE
TOURNE

DING
DONG
DANG
EXCUSE-MOI, HIYORIN !
LA PROF VEUT ME VOIR. MANGE SANS MOI !
D'ACCORD.
VAS-Y.
J'AI JUSTE OUBLIÉ DE RENDRE UN DEVOIR.
QU'EST-CE QUE TU AS FAIT, NATSUKI ?
TSUUN
しゅん
BON, EH BIEN... SI J'ALLAIS VOIR RICCHAN ?
HIYORIN !

ON MANGE ENSEMBLE ?
VIENS !
HEIN...?
JE PEUX ?
JE NE VOUDRAIS PAS DÉRANGER...
ガタ
KRAA
PAS DE PRO-BLÈME.
ASSIEDS-TOI DONC.
ガタッ
KRAA
VOUS N'ALLEZ PAS TENIR LA CHAN-DELLE ?
MÊME DE LOIN !
HEIN ?
...
ET PUIS ARRÊTEZ DE SOU-RIRE !
ニヤ
HÉ
ニヤ
HÉ

*ORANGE

MAN-GEONS.
EXCUSE-LES...
OUI !
TU N'AS QUE DES SANDWICHES, HIROSE ?
J'AI DÉJÀ FINI MON BENTO.
MANGER ENSEM-BLE...
AH, C'ÉTAIT DONC ÇA !
C'EST VRAI QUE TU LE MANGES EN CLASSE...
... ME DONNE ÉTRANGE-MENT...
IL EST MINUSCULE, TON BENTO, HIYORI ! JE L'AVALERAIS EN TRENTE SECON-DES !
DODOM
DODOM
DIS, HIYORIN... CE QUE TU PRÉFÈRES, TU LE MANGES EN PREMIER, OU EN DER-NIER ?
... LE TRAC...
HEIN ? EUH...

MOI, TOUJOURS EN PREMIER !
OH, LÀ, LÀ...
RIEN QUE LE FAIT D'AVOIR HIROSE ICI, DEVANT MOI...!
... JE N'AI PLUS FAIM !
DODOM
DODOM
CLAC
QUELQUE CHOSE NE VA PAS ?
CE...
CE N'EST RIEN.
CE QUE JE PRÉFÈRE... JE LE MANGE EN DER-NIER.
ROULE
ROULE

OH NON !
ROULE
ROULE
J'AI COMMIS UNE MALA-DRESSE SOUS SES YEUX...
ガーン
ARGH
HA HA HA !
IL N'Y A PAS DE QUOI FAI-RE CETTE TÊTE-LÀ !
POUR UNE TOMATE.
TIENS.
ELLE EST TOMBÉE SUR TA SERVIETTE. ELLE EST PROPRE.
FAIS « AAH ».
BLUSH

EUH... FINALEMENT, JE PEUX LA MANGER MOI ?
POURQUOI ELLE N'A PAS OUVERT LA BOUCHE ?
V... VAS-Y...
ÇA SUFFIT, LES COMMENTAIRES ?!
あはは
HA HA HA !
ON A HONTE RIEN QU'À VOUS REGARDER !
...
JE VAIS RETOURNER DANS MA SALLE.

OH...
NITODA !
TU LE FAIS EXPRÈS.
PARDON... C'EST COMMENT, DÉJÀ ?
NITOBE.
OUI ! C'EST ÇA ! NITOBE ! EXCUSE-MOI ENCORE POUR LE FEU D'ARTIFICE.
IL N'Y A PAS DE QUOI.
TU N'AS PAS ARRÊTÉ DE TE PLAINDRE, MAIS TU ES RESTÉ AVEC MOI JUSQU'AU BOUT.
MERCI.

HEIN ?
MAIS… JE T'AI DIT QUE …
VU QUE HIYORI T'APPRÉCIE, JE ME DOUTAIS QUE TU ÉTAIS QUELQU'UN DE BIEN.
RICCHAN !
TU PARLES D'UN BAROMÈTRE…
えへへ
HÉ HÉ HÉ !
TU ÉTAIS VENUE POUR LA VOIR, JE SUPPOSE ?
EUH… FINALEMENT, NON.
JE VOULAIS LUI PROPOSER QU'ON MANGE ENSEMBLE, MAIS JE NE VEUX PAS LA DÉRANGER.
SALUT.

STOP
ピタ
DIS...
... NITOBE !
TU N'AS PAS D'AMIS ?
TU ES TOUJOURS SEUL.
OH, ÇA VA, HEIN !
2-2
HIYO-RIN...?

TU NE MANGES PLUS ?
TU AS VRAIMENT UN PETIT APPÉTIT !
JE N'AI PLUS FAIM.
OU PLUTÔT, J'AI UNE BOULE DANS LE VENTRE.
JE FINIRAI PLUS TARD.
HIROSE... TU VAS TE PROPOSER, POUR LA FÊTE DU LYCÉE ?
JE T'AI ENTENDU TOUT À L'HEURE.
J'HÉSITE.
LA RÉUNION EST À LA CINQUIÈME HEURE, C'EST BIEN ÇA ?
COOL, JE VAIS POUVOIR FAIRE LA SIESTE.
DE TOUTE FAÇON, TU DORS TOUT LE TEMPS !
C'EST TYPIQUEMENT LE GENRE DE TÂCHE POUR TOI.
JE SUIS ADMIRATIVE ! MOI, JE N'OSE PAS PARLER DEVANT LES GENS.
NOUS SOMMES COMPLÈTEMENT À L'OPPOSÉ L'UN DE L'AUTRE.

SI TU TE PROPOSAIS, TOI AUSSI ?
HEIN ?
M... MOI ? MAIS... JE N'AI JAMAIS RIEN FAIT DE TEL...
JUSTEMENT ! PEUT-ÊTRE QUE ÇA TE PLAIRA !
IM... IMPOSSI-BLE !
OUIN
わぁぁ
TOURNE
ブン
ブン
TOURNE
NE PLEURE PAS.
SI TU LE DIS...
J'AIME-RAIS POUVOIR PENSER COMME LUI !

*FÊTE DU LYCÉE

YUSHIN !
HIROSE !
ざわ
BLA
BLA
ざわ
BLA
BLA
SI PERSONNE NE SE PROPOSE, MOI, JE VEUX BIEN !
IL NOUS FAUT UNE DEUXIÈME PERSONNE.
おおーっ
OOOH !
BRR
ぎゅ
EN SERAI-JE CAPABLE ?
SI TU TE PROPOSAIS ?
AVEC HIROSE... PEUT-ÊTRE...
GUUU
ぐぐぐ…
MOIIII !

SI YUSHIN LE FAIT, MOI AUSSI !
ALORS MOI AUSSI !
MOI AUSSI.
MOI AUSSI !
AVEC YUSHIN, ÇA PEUT ÊTRE AMUSANT !
QUEL SUCCÈS, HIROSE !
ARGH... TROP TARD...
IL VA DONC FALLOIR QUE NOUS FASSIONS UN VOTE.
QUOI ?!
YUSHIN ET MOI SOMMES LES DEUX PREMIERS À AVOIR LEVÉ LA MAIN !
QU'Y A-T-IL, REINA ? TU AS PEUR QU'ON NE VOTE PAS POUR TOI ?
QUOI ?!
ガヤ
BLA BLA
VOUS N'AVEZ TOUS FAIT QUE ME SUIVRE !
ET TOI, TU AS JUSTE SUIVI YUSHIN !
ガヤ
BLA BLA
DITES ! RÉFLÉCHISSONS UN PEU SÉRIEUSEMENT !
OUI ! DONC, VOTONS !
OUI !

SI TOUT LE MONDE SE BAT, JE PRÉFÈRE ME RETIRER.
ÇA N'AURAIT PLUS AUCUN SENS !
GRRR
HIROSE...
SNIF
SNIF
BLA
BLA
JE... JE N'AI PAS PU...
N'A PAS RÉUSSI À LEVER LA MAIN.
ÉCOUTEZ-MOI TOUS !
BAA
?
CETTE FÊTE N'A LIEU QU'UNE FOIS TOUS LES TROIS ANS.
IL N'EST PAS ANORMAL QUE VOUS VOUS DISPUTIEZ.
MAIS PERSONNEL-LEMENT...
... MÊME SI JE TROUVE FORMIDABLE QU'IL Y AIT TANT DE VOLON-TAIRES...
... J'AURAIS AIMÉ VOIR UN PEU PLUS D'EN-GAGEMENT DE LA PART DE CEUX QUI N'ONT PAS LEVÉ LA MAIN.

MITTAN...
CETTE FÊTE EST À VOUS TOUS.
VOUS Y AVEZ TOUS LE PREMIER RÔLE !
NOUS ALLONS DONC PROCÉDER À UN TIRAGE AU SORT !
POUR VOUS DÉPARTAGER ÉQUITABLEMENT...
HÉÉÉ
C'EST JUSTE PLUS FACILE POUR TOI ! AVOUE !
KSHA
PFFF...
KSHA
SANS YUSHIN, ÇA N'A AUCUN INTÉRÊT.
D'OÙ SORT CETTE BOÎTE ?
LES HEUREUX ÉLUS SONT CEUX QUI TIRERONT UN ROND.
J'AI PERDU.
MOI AUSSI. PERDU.
TOUS LES VOLONTAIRES SONT ÉLIMINÉS !
C'EST N'IMPORTE QUOI.

TOUJOURS PERSONNE ?
TOUT LE MONDE A SON PAPIER ?
HIYORIN ...?
HÉ !
TU AS UN ROND !
NISHIYAMA ! ÇA EN FAIT UNE.
UN ROND...

HIROSE EST ÉLIMINÉ...
... ET MOI...
... ET MOI...
MOI, JE VAIS ENTRER AU COMITÉ D'ORGANISATION SANS LUI !
ARRRRGH !
*REPRÉSENTANTS AU COMITÉ D'ORGANISATION
NISHIYAMA
実行委員(2名)
西山
HIYORIN, TU AS DE LA CHANCE AUX TIRAGES AU SORT !
SUPER POSITIF.
DOMMAGE QUE NOUS NE PUISSIONS PAS ÊTRE ENSEMBLE.
MERCI.
JE FERAI DE MON MIEUX.
QUI EST LE DEUXIÈME ?
QU'IL SE MONTRE !
DOMMAGE...?

CETTE... CETTE AURA DE TÉNÈBRES...
C'EST LUI ?
OBLIGÉ...

PARFAIT !
ALORS SANS PLUS ATTENDRE, NOS DEUX REPRÉSENTANTS VONT TOUT DE SUITE NOUS DIRE UN MOT !
CHOUETTE
CLAP
CLAP
EU…
EUH…
NOUS… FERONS…
… DE… NOTRE…
… MIEUX…
GLA
GLA
GLA
GLA
ON… ON N'ENTEND RIEN.
COURAGE, HIYORIN !
PARLE PLUS DISTINCTEMENT !

OH, LÀ, LÀ
VOUS ÊTES SÛRS QUE ÇA VA ALLER ?
ON DEVRAIT PEUT-ÊTRE REFAIRE LE TIRAGE...
ELLE TREMBLE COMME UNE FEUILLE.
JE NE SUIS PAS FAITE POUR ÇA...
IL EST TROP TÔT POUR JUGER !
SI JAMAIS CERTAINES CHOSES NE VONT PAS, NOUS LES AIDERONS !
ILS NE SONT PAS OBLIGÉS DE TOUT FAIRE DE "A" À "Z".
FAISONS ÇA TOUS ENSEMBLE !
COMME TU ES GENTIL, YUSHIN !
C'EST PARCE QUE C'EST TA PETITE AMIE...
ET JE SUIS LE PETIT AMI DE KO AUSSI, PEUT-ÊTRE ?
N'IMPORTE QUOI !

À PROPOS DE KO, D'AILLEURS, IL N'A PEUT-ÊTRE PAS L'AIR, COMME ÇA...
GLOUPS
... MAIS EN RÉALITÉ, C'EST UN GARÇON QUI SE DONNE À FOND !
PARDON ?
C'EST VRAI ? IL PARLE SI PEU... IL EST DONC SI SÉRIEUX QUE ÇA ?
BLA
BLA
KO...?!
REMARQUEZ, C'EST VRAI QU'IL A DE TRÈS BONNES NOTES !
IL EST TOUJOURS DANS LES PREMIERS.
BLA
BLA
EN FAIT, IL VA PEUT-ÊTRE SE RÉVÉLER TRÈS FIA-BLE ?
CLAP
LAISSONS-LEUR UNE CHANCE !
SI ÇA SE TROUVE, ÇA SE PASSERA TRÈS BIEN.
NOUS SERONS LÀ POUR EUX EN CAS DE BESOIN.
DU POINT DE VUE DE LA TAILLE, ILS FONT LA PAIRE EN TOUT CAS ! HA HA HA !
CLAP
CLAP
CLAP
C'EST AINSI...

... QUE NOUS NOUS SOMMES RETROUVÉS AU COMITÉ D'ORGANISATION DE LA FÊTE DU LYCÉE.
IL Y A UNE RÉUNION APRÈS LES COURS DEMAIN APRÈS-MIDI.
ÇA NE VA PAS ÊTRE DE TOUT REPOS.
SOYONS FORTS !
TU ES MOTIVÉE, TOUT À COUP...
NE M'EN-TRAÎNE PAS DANS TA DES-CENTE...
CE N'EST PAS DE MA FAUTE SI TU AS TIRÉ LE MAUVAIS PAPIER !
TSSS
JE VEUX ME MONTRER DIGNE D'ÊTRE LA PETITE AMIE DE HIROSE.

HOON...
JE DOIS T'AVOUER...
... EN SACHANT QUE CE SERAIT TOI, MON BINÔME, J'AI ÉTÉ SOU-LAGÉE !
TU ES LE SEUL GARÇON AVEC QUI J'ARRIVE À PARLER AUSSI NATURELLEMENT.

À NOUS DEUX, NOUS FORMONS "L'ALLIANCE DES TIMIDES" !
N'IMPORTE QUOI.
D'OÙ ÇA SORT, ÇA ?
TU PEUX ME DONNER TON ADRESSE E-MAIL DE PORTABLE ?
CE SERA PLUS PRATIQUE.
SI TU VEUX...
TIENS ? TU AS UN SMARTPHONE ?

ILS S'EN-TENDENT BIEN, CES DEUX-LÀ.
QUI ?
NITOBE ET NI-SHIYAMA ?
OUI, JE LES AI VUS S'ÉCHANGER LEURS ADRESSES DE PORTABLE.
POURTANT, NISHIYAMA PARLE RAREMENT AVEC LES GARÇONS.

LEURS TABLES SONT VOISINES. ET ILS VONT S'OCCUPER DE L'ORGANISATION DE LA FÊTE ENSEMBLE.
MAIS NISHIYAMA SORT AVEC YUSHIN !
BAH...
... FRANCHEMENT, JE TROUVE QU'ELLE IRAIT MIEUX AVEC NITOBE, PERSONNELLEMENT...
ビクッ
GLOUPS

TU CROIS QU'IL A ENTENDU ?
ARGH...
JE CROIS SURTOUT QU'IL S'EN MOQUE COMPLÈTEMENT.
IL FREDONNE UNE CHANSON...

TU ES AU COMITÉ D'ORGANISATION DE LA FÊTE DU LYCÉE ?!
TU EN ES SÛRE ? SÛRE ET CERTAINE ? TOI ? HIYORI ?
OUI, À CENT POUR CENT !

HIYOKOI

C'EST LA CINQUIÈME FOIS QUE TU ME DEMANDES, DEPUIS HIER.
GLOING
CHAQUE FOIS, C'EST LA MÊME RÉACTION.
COMPRENDS-MOI... J'AI TELLEMENT DE MAL À CROIRE QUE TU ES À UN POSTE SI IMPORTANT !
C'EST LE HASARD QUI A DÉCIDÉ POUR MOI. ET PUIS JE N'AI ENCORE RIEN FAIT D'IMPORTANT !
MAIS TELLE QUE JE T'AI CONNUE PAR LE PASSÉ, TU AURAIS FUI ! C'EST DÉJÀ FORMIDABLE !
EN TOUT CAS, JE SUIS ÉTONNÉE DE TE VOIR SI MOTIVÉE.
EH BIEN...
DOMMAGE QUE NOUS NE PUISSIONS PAS ÊTRE ENSEMBLE, MAIS BON COURAGE.
(INTERPRÉTATION) : « JE VOULAIS LE FAIRE AVEC TOI. »
HIROSE... JE TE PROMETS DE FAIRE MON MAXIMUM !
OUI. ET PUIS JE SUIS EN BINÔME AVEC KO.
AH BON ? NITOBE ?
JE SUIS DOUBLEMENT SURPRISE.
YUSHIN T'A DIT QUELQUE CHOSE, C'EST ÇA ?
JE PARIE !

2

LORS DE LA DÉDICACE, BEAUCOUP DE LECTRICES M'ONT DIT QU'ELLES AIMAIENT KO.
ÇA M'A SURPRISE.
À VUE DE NEZ, IL S'EST AVÉRÉ AVOIR Á PEU PRÈS AUTANT DE SUCCÈS QUE YUSHIN...!
JE ME SUIS DIT QUE YUSHIN AVAIT DES EFFORTS À FAIRE POUR SE DÉTACHER, EN TANT QUE PERSONNAGE PRINCIPAL.
PAR MOMENTS, J'AI MÊME EU QUELQUES LECTRICES QUI ME DISAIENT AIMER TANAKA, OU JUNPEI...
C'ÉTAIT INTÉRESSANT.
JUNPEI EST ÉTONNAMMENT POPULAIRE, Y COMPRIS DANS LES LETTRES QUE JE REÇOIS.
SAUF QUE BEAUCOUP DE LECTRICES ÉCRIVENT SON NOM AVEC LES MAUVAIS CARACTÈRES ! JE TROUVE QUE ÇA VA BIEN AVEC LE PERSONNAGE (LOL).

SI POSSIBLE, ESSAYEZ DE ☆ LES RETENIR !

NON, RIEN... JE CROIS QUE JE RÉFLÉCHIS TROP.
?
AUJOURD'HUI, C'EST LA PREMIÈRE RÉUNION DU COMITÉ D'ORGANISATION.
IL FAUT QUE NOUS DÉCIDIONS DE L'ANIMATION QU'ON VA METTRE EN PLACE AVEC LA CLASSE.
IL VA Y AVOIR BEAUCOUP DE CHOSES À PRÉPARER...
C'EST EXCITANT, N'EST-CE PAS...
... KO ?

JE NE VOIS PAS POURQUOI TU ES SI JOYEUSE.
EUH... EH BIEN... HIER, NOUS NOUS SOMMES PROMIS DE FAIRE DE NOTRE MIEUX...
C'EST PÉNIBLE.
TU AS PROMIS. TOUTE SEULE. JE N'AI PAS LE SOUVENIR D'AVOIR DIT QUOI QUE CE SOIT.
JE TE PRÉVIENS, MOI, JE N'AI STRICTEMENT AUCUNE MOTIVATION.
MAIS...
KO, IL FAUT TE FAIRE UNE RAISON.
HIROSE !
TU AS ÉTÉ DÉSIGNÉ, ALORS FAIS TON TRAVAIL !
TU N'AS QU'À LE FAIRE, TOI ? TU ÉTAIS VOLONTAIRE.
GLOUPS
JE LE FERAIS AVEC JOIE...
DODOM
... MAIS ÇA TE FERAIT UNE TRISTE RÉPUTATION, DANS LA CLASSE.
C'EST CE QUE TU VEUX ?
JE... JE N'AI PAS DIT QUE JE DÉMISSIONNAIS !

SIMPLEMENT...
... LES PLANS DU GENRE « ON FAIT UN PROJET TOUS ENSEMBLE, ÇA RÉUSSIT, COMME C'EST ÉMOUVANT ! » JE DÉTESTE ÇA.
TU AS ÉTÉ TRAUMATISÉ PENDANT L'ENFANCE, OU QUOI ?
KRAA
PARLE, JE T'ÉCOUTE.
QUOI QU'IL EN SOIT...
... SI TU ES MOTIVÉE, VAS-Y. MAIS NE COMPTE PAS SUR MOI POUR L'ÊTRE.

ROOH, LE VILAIN. IL NOUS FAIT SA CRISE D'ADOLESCENCE ?
CHÉRI, QU'ALLONS-NOUS FAIRE ?
QUE VEUX-TU.
IL EST À UN ÂGE DIFFICILE.
JE ME DEMANDE... SI ÇA VA ALLER.
TSUUN
OUI, ÇA VA ALLER !
KO A BEAU DIRE, IL NE TE LAISSERA PAS TOMBER.
IL N'EST PAS NUL À CE POINT.
TU AS RAISON.
RAPPELLE-TOI, TOUTE LA CLASSE EST DERRIÈRE VOUS !
IL N'EMPÊCHE QUE...

... C'EST DOMMAGE DE GÂCHER UN MOMENT PAREIL.
QU'EST-CE QU'ON VA FAIRE, POUR LA FÊTE ?
MOI, JE VOUDRAIS FAIRE UNE MAISON HANTÉE !
FAIRE PEUR AUX AUTRES, CE SERAIT GÉNIAL !
C'EST CLASSIQUE.
MOI, JE PRÉFÉRERAIS UN FAUX RESTAURANT.
OÙ ON PUISSE MANGER.
SACRÉE NATSUKI.
ET TOI, HIYORIN ?
BWOOO
ぼー
HIYORIN ? HÉ OOH !
HEIN ? QUOI ? PARDON ?
TU RÊVASSES SUR TON REPAS !
NOUS PARLIONS DE L'ANIMATION DE LA CLASSE.
MADEMOISELLE LA REPRÉSENTANTE !
あはは
HA HA HA HA !
ON LA FIXERA LORS DE LA PROCHAINE RÉUNION DE CLASSE.

J'AI HÂTE !
KYAAH
キャッ
KYAAH
キャッ
EN PRÉAMBULE...
会議室*
*SALLE DE RÉUNION
... NOUS ALLONS DEMANDER À CHACUN DES REPRÉSENTANTS DE SE PRÉSENTER.
ON COMMENCE PAR AVEC LA CLASSE DE 1-1.
OUI !
AH, LÀ, LÀ...
DÉCIDÉMENT, IL FAUT SE PRÉSENTER TOUT LE TEMPS !
JE M'APPELLE SASAKI. ENCHANTÉ.
ハキ HOP
ハキッ HOP
ILS ONT TOUS LA PÊCHE !
SURTOUT POUR DES PREMIÈRES ANNÉES...
DE VRAIS REPRÉSENTANTS MODÈLES...

TSAAA
....
OH
ON SE COMPREND !
TU ES AUSSI TENDU QUE MOI ! COURAGE !
...
ARGH
PEUH
JE L'AI PRESQUE ENTENDU DIRE : « TU ME SOÛLES »...
RIEN QU'À SON AIR...
SUIVANT. CLASSE 2-2.
KRAA
OU... OUI !
DODOM
JE M'APPELLE HIYORI NISHIYAMA...
DODOM
AAAH ! J'AI ENTENDU PARLER DE TOI !

ÉLÈVES DE TROISIÈME ANNÉE.
TU ES LA COPINE DE YU-SHIN !
TU ES AUSSI PETITE QU'ON LE DIT !
TU N'AS PAS MAL AU COU, QUAND TU ES AVEC LUI ?
VOUS AVEZ COMBIEN DE DIF-FÉREN-CE ?
L'EFFET HIROSE... C'EST IN-CROYA-BLE !
MERCI, HIROSE !
GLOING
TU NOUS RACONTERAS TOUT !
ENCHAN-TÉES !
D'ACCORD !
EN... ENCHAN-TÉE...
GLOUPS
JE... JE NE T'AI PAS TRAHI... JE...
TSSS

AU REVOIR.
会議室
K... KO !
TU AS DE LA CHANCE D'AVOIR UN PETIT AMI CÉLÈBRE.
PETIT AMI...
PEUF ぽ
TU NE VAS PAS FAIRE CETTE TÊTE À CHAQUE FOIS ?
GRRR イラッ
NE T'IN-QUIÈTE PAS POUR MOI. JE FERAI MON TRAVAIL CORRECTE-MENT.
SALUT.
KO...

MAINTENANT QUE J'Y REPENSE... LORS DU PIQUE-NIQUE, IL M'AVAIT DIT...
« LES ÉVÉNEMENTS SCOLAIRES, ÇA NE M'AMUSE PAS. »
C'EST SANS DOUTE PAREIL POUR LA FÊTE.
JE COMPRENDS CE QU'IL RESSENT...
MUUH
とぼ
MUUH
とぼ
AU COLLÈGE, JE ME DISAIS PROBABLEMENT LA MÊME CHOSE.
*SORTIE
HIYORIN !
SALUT !
ÇA VA ?

ÇA S'EST BIEN PASSÉ ?
HIROSE...
J'ÉTAIS TENDUE, MAIS LES AUTRES ONT TOUS L'AIR GENTILS.
GRÂCE À TOI.
COMMENT ÇA MOI ?
AH BON. TANT MIEUX.
OUI. MAIS...
... KO N'A VRAIMENT PAS L'AIR DE VOULOIR PARTICIPER POSITIVEMENT.
J'AIMERAIS TELLEMENT QU'IL S'AMUSE, LUI AUSSI...

C'EST POUR ÇA QUE TU ES SI TRISTE, AUJOURD'HUI ?
HEIN ?
ÇA SE LIT TOUT DE SUITE SUR TON VISAGE.
QU'EST-CE QUE JE POURRAIS FAIRE POUR LUI ?
RIEN.
S'IL N'AIME PAS CE GENRE D'ÉVÉNEMENTS, IL N'AIME PAS.
SI TU ESSAIES DE LE FORCER, ÇA NE FERA QU'EMPIRER.
TU AS RAISON... J'AI L'IMPRESSION DE LE SOÛLER DE PLUS EN PLUS...
BOUUH
NON, NE T'EN FAIS PAS. C'EST JUSTE SA MANIÈRE DE COMMUNIQUER.
IL EST MALADROIT.

*GARE DE NISSEI

BON. TANT MIEUX.
À DEMAIN !
FAIS ATTENTION À TOI.
MERCI. À DEMAIN.
BYE !
POURQUOI CETTE QUESTION ?
HIER SOIR...
DIS DONC, PEUH !
HIER SOIR... JE N'AI PAS ENVOYÉ DE MAIL À HIROSE !
MIAOU
JE T'AI DIT DE NE PAS JOUER AVEC MON PORTABLE !
TU VAS ENCORE APPUYER SUR LE MAUVAIS BOUTON, COMME L'AUTRE FOIS !
TILT

Je lui avais moi-même demandé si je pouvais lui écrire tous les jours !
C'est sûrement ça !
Hier soir ?
Rien de spécial !
J'avais les idées tellement prises par la fête...
... Idiote !
♪ ♫ ♩
Quelle...
Hirose
(Aucun)
Bon courage au comité d'organisation !
- End -
Tsaaa
Comme c'est gentil !

EXCUSE-MOI DE NE PAS T'AVOIR ÉCRIT HIER SOIR...
JE FERAI MON MAXIMUM !
OUI !
MON MAXIMUM...
... POUR QUE LA FÊTE SOIT UN SUCCÈS !
BRRR
BRRR
KRIII
KRII
KRII
KRII
CRAC
OUPS...
CAS-SÉE...
ELLE APPUIE TROP FORT...
GLOUPS
GLOUPS
GLOUPS

ほっ
OUF
ÇA Y EST ! J'AI TOUT ÉCRIT !
QUEL STRESS !
ふ
FIOUH
EUH... ALORS...
MAINTE-NANT...
LEVEZ LA MAIN !
NONS ALLONS PROCÉ-DER PAR VOTE.
D'ACCORD !
HIYO-RIN, TU ES TROP TENDUE !
ÇA DÉTEINT SUR NOUS !
MAIS TU FAIS BEAU-COUP D'EF-FORTS !
JE VAIS NOTER LES RÉSULTATS. OCCUPE-TOI DE COMPTER LES VOTES.
SINON ON EN A JUSQU'À CE SOIR.
OK !

*IIIII
**MARCHÉ AUX PUCES IIIII-I
***CURRY IIIII-III
****MAISON HANTÉE

OUAIS
SUPER !
C'EST JUSTEMENT CE QUE JE VOULAIS FAIRE !
C'EST UN GRAND CLASSIQUE !
OUAIS
ON VA BIEN S'AMUSER !
QUEL SOULAGEMENT. ÇA S'EST DÉROULÉ SANS ACCROC.
ほっ
OUF
BRAVO, NISHIYAMA ! TU AS ÉTÉ PARFAITE !
NOUS AVONS RÉUSSI, KO !
...
SUR LE RÈGLEMENT, IL EST ÉCRIT : « EN RAISON DE LA POPULARITÉ DES MAISONS HANTÉES CHAQUE ANNÉE, IL NE POURRA Y EN AVOIR QU'UNE SEULE PAR PROMOTION.
« EN CAS DE DOUBLON, MERCI DE VOUS ARRANGER ENTRE CLASSES. »
会議室
NOUS ALLONS DÉCIDER À PIERRE-PAPIER-CISEAU.

LES CLASSES PERDANTES DEVRONT CHOISIR AUTRE CHOSE.
PRÉSIDENT DU COMITÉ.
TROIS CLASSES SUR SIX ONT EU LA MÊME IDÉE...
QUOI ?
JE... VAIS VRAIMENT DEVOIR FAIRE PIERRE-PAPIER-CISEAU ?
L'ENJEU EST TROP IMPORTANT...
TROP PRÉVISIBLE...
OH ! J'AI ENCORE GAGNÉ !
TU M'AS BATTU TROIS À ZÉRO.
D'ORDINAIRE, JE NE GAGNE JAMAIS !
...
GWUU
PRÊTS ?
PIERRE, PAPIER...
ALLONS, NISHIYAMA !

À... À CAUSE...
ずーん
TSAAA
À CAUSE DE MOI... NOUS NE POURRONS PAS FAIRE DE MAISON HANTÉE...
NE TE METS PAS DANS DES ÉTATS PAREILS.
NOUS TROUVE-RONS AUTRE CHOSE.
NON !
LA MAISON HANTÉE, C'EST CE QUE TOUT LE MONDE VOULAIT !

JE SUIS NULLE, COMME REPRÉSENTANTE !
JE N'AI SERVI À RIEN !
SNIF
SNIF
ひっく
BOUH
ぐす…
EXCUSE-MOI.

QUOI ?
C'EST MOI QUI AURAIS DÛ FAIRE CE PIERRE-PAPIER-CISEAU.
SI J'AVAIS SU QUE TU PLEURNICHERAIS COMME UNE GAMINE...
...!
ガッ
ARGH
JUSQU'AU COLLÈGE...
... JE N'AVAIS JAMAIS PARTICIPÉ ACTIVEMENT À AUCUN ÉVÉNEMENT SCOLAIRE.
BIEN SÛR, JE N'AVAIS JAMAIS ÉTÉ DANS AUCUN COMITÉ NON PLUS.
J'AVAIS DÉCIDÉ QUE CE N'ÉTAIT PAS MON MONDE.

MAIS...
... EN ENTRANT AU LYCÉE... J'AI PU CHANGER UN PEU.
C'EST MON PREMIER ÉVÉNEMENT IMPORTANT, ICI. ET JE SUIS AU COMITÉ D'ORGANISATION...
... ALORS JE VEUX QUE CE SOIT UN SUCCÈS !
JE VEUX QUE ÇA RESTE UN BON SOUVENIR...
... POUR TOUT LE MONDE.

Y COMPRIS POUR TOI, KO !
PERSONNE NE T'EN VOUDRA, POUR LA MAISON HANTÉE.
LES GENS SONT TOUS MIÈVRES, DANS NOTRE CLASSE.
FROTTE
SNIF ...
DE TOUTE FAÇON, NOUS SOMMES OBLIGÉS DE TROUVER AUTRE CHOSE. ALORS NE PERDONS PAS DE TEMPS.
JE VAIS T'AIDER À TROUVER UNE IDÉE.

HI HI HI !
POURQUOI TU RIS ? TU PLEURAIS IL Y A DEUX SECONDES...
JE SUIS CONTENTE !
TU DEVRAIS ESSAYER DE RIRE, TOI AUSSI !
QUAND ON GARDE LE SOURIRE, DE BONNES CHOSES NOUS ARRIVENT !
TU RECOMMENCES AVEC TON TRUC DE SECTE...
CE... CE N'EST PAS UNE SECTE !
SI. LA SECTE HIROSE.

C'EST LUI LE PLUS MIÈVRE DE TOUS.
IL N'EST PAS « MIÈVRE » ! C'EST QUELQU'UN DE PROFONDÉMENT GENTIL !
QUELLE EST LA DIFFÉRENCE ?
EUH...
SALUT, TOUS LES DEUX !
HIROSE !
TU M'AS ATTENDUE AUJOURD'HUI AUSSI ?
OÙ VAS-TU, KO ? RENTRONS ENSEMBLE !
TAP TAP
TAP TAP
GLOING
JE ME DEMANDE CE QU'ILS SE TROUVENT, L'UN ET L'AUTRE.

IL NE SE LAISSE PAS FAIRE.
J'AI OUBLIÉ MON SAC EN CLASSE !
HIYORIN, TU AS LES YEUX ROUGES.
QU'EST-CE QU'IL Y A ?
EUH... CE N'EST RIEN.
TOUT VA BIEN.
KO COMMENCE À Y METTRE UN PEU DU SIEN.
TANT MIEUX. ÇA TE TRACAS-SAIT TEL-LEMENT...
DISONS PLUTÔT QUE J'AVAIS ENVIE...
... QU'ON FASSE DE NOTRE MIEUX TOUS LES DEUX !

LUI ET MOI, NOUS NOUS RESSEM- BLONS.
NOUS FORMONS UNE AL- LIANCE !
L'ALLIANCE DES PETITS ?

N... NON ! "L'ALLIANCE DES TIMI-DES" !
TU L'AURAIS VEXÉ !
OUPS, PARDON.
LA TIMIDITÉ. OK.
TOI ET MOI, TOUT NOUS OPPOSE.
!
POF ぽん
JE VOIS...
HIROSE...
J'ESPÈRE QU'ELLE SERA BIEN, CETTE FÊTE.

*CAFÉ SUR LE THÈME DE LA MAISON HANTÉE

ON POURRAIT À MOITIÉ FAIRE UNE VRAIE MAISON HANTÉE ?
GÉNIAL ! NON SEULEMENT, ON A TROUVÉ UNE IDÉE, MAIS EN PLUS, KO PARTICIPE !
OUF
ほっ
ILS SE DONNENT BEAUCOUP DE MAL, NOS DEUX REPRÉSENTANTS !
BON COURAGE À TOUS !
HIP HIP HIP...
NE COMPTE PAS SUR MOI.
EN TOUT CAS, TOUS LES DEUX CÔTE À CÔTE...
OUI ! AU DÉBUT, J'ÉTAIS UN PEU INQUIÈTE, MAIS...
... ILS SONT MIGNONS ! ♡
NE PRONONCEZ PAS CE MOT DEVANT MOI.
OUPS... ILS NOUS ONT ENTENDUES !

ON DIRAIT UN COUPLE DE COLLÉGIENS ! ♡
YUSHIN ! TU ENTENDS CE QU'ILS DISENT DE TA COPINE ?
TU NE RÉAGIS PAS ?
... M'ÉNERVE.
HEIN ?
PARDON ?
FROTTE FROTTE
なで なで
SI SEULEMENT JE POUVAIS FAIRE TA TAILLE, JUNPEI...
TU DIS ÇA POUR ME VEXER ?

JE NE SUIS PAS MIÈVRE À CE POINT.
ガタッ
KRAAA
HÉ !
OÙ TU VAS ?
NOUS SOMMES EN PLEINE CONVERSA-TION !
IL A L'AIR DE MAUVAISE HUMEUR.
C'EST RARE !

J'AI L'IMPRESSION DE SERVIR À QUELQUE CHOSE !
JE COMMENCE À BIEN M'AMUSER.
HIRO-SE... ♡
ZWIP
TIENS ? OÙ EST PASSÉ YUSHIN ?
IL VIENT DE PARTIR.
IL EST PEUT-ÊTRE ALLÉ FAIRE UNE SIESTE ?
LUI, ALORS...
JE VOUS JURE...

HIROSE...?

*LA FÊTE SE TIENDR
**DANS
***JOURS !

HIYOKOI

HIYORIN ! JE LE METS ICI, ÇA ?
EUH... TU FAIS COMME CI, ET COMME ÇA...
OK !
MADE-MOISELLE ORGANI-SATION ! PAR ICI !
HEIN ?
HIYORIIN !
OUI ?
HÉ !
HIYORI !
J'ARRI-VE ?
TU AS L'AIR TRÈS OCCUPÉE !
UNE VRAIE ORGANI-SATRICE MODÈLE !
BRAVO !
BRAVO !
RICCHAN ! MISA !

EN 2-1, VOUS ALLEZ FAIRE UNE CRÊPERIE, C'EST BIEN ÇA ?
POUR FAIRE LA PANCARTE.
OUI ! NOUS PARTIONS JUSTEMENT ACHETER DES CHOSES QUI MANQUENT.
ET VOUS, UN CAFÉ, N'EST-CE PAS ?
OUI ! SUR LE THÈME DE LA MAISON HANTÉE !
AH BON ? ÇA A L'AIR BIEN !
HÉ ! NISHIYAMA !
TOUS LES REPRÉSENTANTS SONT APPELÉS À SE RÉUNIR.
TU N'AS PAS ÉCOUTÉ L'ANNONCE ?
AH, PARDON ! J'ARRIVE !
ÇA SE PASSE BIEN, AVEC NITOBE ?
CHUCHOTE
OUI ! IL FAIT BEAUCOUP D'EFFORTS !
YUSHIN N'EST PAS JALOUX ?
HI HI HI !
HEIN ?

NE... NE SOYONS PAS ABSURDES !
VOUS SORTEZ ENSEMBLE ! CE N'EST PAS ABSURDE.
TU RÉFUTES INTÉGRALEMENT ?
HIROSE ? JALOUX ? À CAUSE DE QUELQU'UN COMME MOI ? C'EST IMPOSSIBLE...
OUI, NOUS SORTONS ENSEMBLE, MAIS...
TILT
DÉSOLÉE, JE DOIS Y ALLER !
BON COURAGE !
À PLUS TARD.
HIYORIN A L'AIR DE GÉRER PLUTÔT BIEN !
ELLE M'ÉTONNE !
J'ESPÈRE QUE TOUT IRA BIEN.

3

À PROPOS DE PERSONNAGES SECONDAIRES, IL Y A CET AMI DE YUSHIN.

→ 

JE NE LUI AI PAS ENCORE OFFICIELLEMENT DONNÉ DE NOM, MAIS CES DERNIERS TEMPS, MES ASSISTANTES L'APPELLENT "KAMINAGA". KAMINAGA... C'EST PARCE QU'IL A LES CHEVEUX LONGS, JE SUPPOSE* ?! TANT PIS. JE N'AURAI PAS EU LE TEMPS D'OFFICIALISER LE NOM QUE JE LUI AVAIS SECRÈTEMENT CHOISI. "KAMINAGA", ÇA SONNE TROP BIEN. ALORS JE CROIS QUE JE VAIS LE GARDER ! JUNPEI, MES ASSISTANTES L'ONT SURNOMMÉ "*LOVELY*". PARCE QUE "LES SWEAT-SHIRTS, C'EST *LOVELY*", M'ONT-ELLES DIT. JE N'AI PAS TOUT COMPRIS. MON LIEU DE TRAVAIL EST PLEIN DE GENS BIZARRES.

* (NDT : "KAMI" = CHEVEUX, "NAGA(I)" = LONGS)

ÇA Y EST ! C'EST TERMINÉ !
QU'EST-CE QUE VOUS EN DITES ?
OOOH !
TU ES TRÈS DOUÉ, YUSHIN !
TOUT LE CONTRAIRE DE QUAND TU DESSINES !
PANCARTE.
QUEL RAPPORT AVEC LE DESSIN ?!
ON FAIT UNE PETITE PAUSE ?
JE VOUS AI ACHETÉ DES BOISSONS.
BONNE IDÉE !
OÙ SONT LES DEUX ORGANISATEURS ?
ILS ONT ÉTÉ APPELÉS TOUT À L'HEURE.
ILS N'ONT PAS UNE MINUTE À EUX !
YUSHIN !
ÇA TE TRACASSE ?
QUOI DONC ?
JE T'AI EU !
ARRÊTE !
HIYORIN ET NITOBE.

TU ES DE MAUVAISE HUMEUR, CES DERNIERS TEMPS.
EH BIEN...
REMARQUE, ÇA SE COMPREND. ELLE PARLE PLUS AVEC LUI QU'AVEC TOI, MINE DE RIEN.
EN PLUS, ELLE L'APPELLE PAR SON PRÉNOM.
ET DU POINT DE VUE DE LA TAILLE, ILS VONT BIEN ENSEMBLE !
PLAF
AAAÏE ! YUSHIN M'A TAPÉÉÉ !
JE PARIE QUE TU L'AS MÉRITÉ !
SACRÉ JUN.
NE VOUS CHAMAILLEZ PAS.
HA HA HA HA !!
あはは

TU FAIS LA TÊTE ?
TIENS, À BOIRE.
NON.
PAS SOIF.
EH BIEN !
...
ALORS... À PROPOS DE (BLA BLA BLA) ...
会議室
QUI A UN AVIS ?
BÂÂÂILLE
ふああああ
OUPS
はっ
HI HI
くす
HI HI
くす
J'AI ÉTÉ TELLEMENT OCCUPÉE CES DERNIERS TEMPS ...
... QUE JE N'AI PRESQUE PAS PU PARLER À HIROSE...
J'AI SOMMEIL ...
JE NE DOIS PAS DORMIR !
IL ME RACCOMPAGNE TOUS LES JOURS APRÈS LES COURS, MAIS LA GARE EST JUSTE À CÔTÉ.
PINCE

NOUS COMMENÇONS À PEINE À SORTIR ENSEMBLE...
DU NERF ! C'EST POUR ÊTRE DIGNE DE LUI QUE J'AI DÉCIDÉ DE M'INVESTIR À FOND !
ZWUM
ぶん
NI-SHIYAMA !
ぶん
ZWUM
KSHA
?
PASTILLES.

CHOMP
MERCI, KO !
...
NE REGARDE PAS DANS MA DIRECTION.
ÇA... ÇA ARRACHE !
HÉ HÉ
MERCI POUR TOUT À L'HEURE.
TES PASTILLES M'ONT RÉVEILLÉE !
HM.
JE SENS ENCORE LA FRAÎCHEUR DANS MA BOUCHE.

HOP
AAH !
CLAP
GARDE-LES.
SI HIROSE TE VOIT BÂILLER COMME ÇA, IL VA FUIR EN COURANT.
PEPPER MINT
À.. À CE POINT ...?
JE PEUX VRAIMENT LES GARDER ? MERCI !
TU ES LOURDE.
TU DIS MERCI TROP SOUVENT.
C'EST...

... PARCE QUE TU ES GENTIL !
CE N'EST PAS ÉVIDENT À DEVINER, AU DÉBUT. MAIS AU FOND DE TOI, TU ES QUELQU'UN DE GENTIL !
TU ME JUGES DE HAUT ?
POUR QUI TU TE PRENDS, NISHIYAMA ?
PA.. PARDON ...
TSUUN
JE NE SUIS PAS...
... GENTIL AVEC TOUT LE MONDE.

QUOI ?
CE... CE QUE JE VEUX DIRE...
AH ! LA VOILÀ ! HIYO-RIIIN !
HÉÉÉÉ !

VIENS PRENDRE TES MESURES POUR TON DÉGUISEMENT !
TAC
AAAH !
DÉGUISEMENT ?
HIYORIN ! TU ES UN PEU TROP SOUVENT COLLÉE À KO, CES JOURS-CI. TU NE CROIS PAS ?
M... MAIS... NOUS SOMMES RESPONSABLES DE L'ORGANISATION...
TU NE DOIS PAS NÉGLIGER YUSHIN.
IL EST DE MAUVAISE HUMEUR.
MOI, CE N'EST PAS GRAVE, MAIS LUI...
HEIN ?!
HIROSE...?!
BLA BLA
BLA BLA
... ET APRÈS...
2-2
HA HA HA HA !

TIENS !
HIYORIN ! SALUT !
DODOM
DODOM
ME REVOILÀ. HIROSE !
EUH... JE...
TIENS. À BOIRE. C'EST MIT-TAN QUI RÉGALE.
IL... IL EST COMME D'HABI-TUDE ?! ?!
ORANGE, ÇA TE VA ?
GENTIL, COMME TOU-JOURS.
OUI. MERCI.
NATSUKI ET REINA DOIVENT SE FAIRE DES IDÉES.
TU N'ÉTAIS PAS AVEC KO ?
SI. IL NE DEVRAIT PAS TAR-DER.
NOUS ÉTIONS ENSEMBLE, OUI.

PAS TROP FATIGUÉE ? TU AS L'AIR TRÈS OCCUPÉE.
GLOING
ÇA VA, JE SUIS EN PLEINE FORME !
ET DE TOUTE FAÇON, J'AI ÇA POUR ME TENIR ÉVEILLÉE !
SHAM
PEPPERMINT
TIENS ?
JE CROYAIS QUE TU N'AIMAIS PAS LA MENTHE FORTE, HIYORIN ?
......
C'EST KO QUI ME LES A DONNÉES LORS D'UN COUP DE FATIGUE TOUT À L'HEURE.
KO ? SE SOUCIER DE QUELQU'UN ? TU AS EU UNE HALLUCINATION !
JE LE SAVAIS QUE TU ÉTAIS FATIGUÉE.
UNE... UNE HALLUCINATION ? NON !

ÇA, ALORS... IL EST GENTIL...
... AVEC TOI ?
OUI ! IL EST TRÈS GENTIL !
GLOING
SHROK
JE SAIS QUE CE N'EST PAS ÉVIDENT AU PREMIER ABORD...
... MAIS DANS CE TRAVAIL D'ORGANISATION, IL M'AIDE BEAUCOUP.
ROULE
CE SERAIT BIEN, SI ÇA POUVAIT MIEUX TRANSPARAÎTRE AUX YEUX DES GENS DE LA CLASSE.

J'ESPÈRE QUE LA FÊTE SERA L'OCCASION...
AH BON.
C'EST POUR ÇA QUE TU TE DONNES AUTANT DE MAL ?
QUOI ?!
-...
HIYORIN ! JE T'ÉCOUTE DEPUIS TOUT À L'HEURE. TU N'ARRÊTES PAS DE PARLER DE KO !
TU L'AIMES DONC À CE POINT-LÀ ?
RE... REINA...
QUE... QUOI ?!

OUI, JE L'AIME...
OU...
KO EST...
DINC DONG

ROULE
TOUT LE MONDE ! C'EST L'HEURE DU DÉJEU...
... NER ?
SILENCE
IL S'EST PASSÉ QUELQUE CHOSE ?
HIYORIN, EXCUSE-MOI.
JUN. ON VA GRAILLER.
QUE...?
YUSHIN ...
OUBLIE CE QUE J'AI DIT.
BLA BLA
QU'EST-CE QUE ÇA SIGNIFIE ?
...
BLA BLA
POUR-QUOI ?

« C'EST POUR ÇA QUE TU TE DONNES TANT DE MAL ? »
OUI...
... MAIS ...
... LE PLUS IMPOR-TANT POUR MOI...
TAP TAP
TAC !!
HIYORIN ! ESPÈCE DE NOUILLE !
TU N'ES QU'UNE GOURDE !
?!
?!
TU NE DEVINES PAS POURQUOI YUSHIN EST DE MAUVAISE HUMEUR ?
REINA, DOUCE-MENT !
C'EST VRAI QUE TU AS FAIT UNE BELLE GAFFE.
ÇA CRÈVE LES YEUX ! IL EST...

... JALOUX !
TU "LOUES" ?
TU LOUES QUOI ?
NE FAIS PAS SEMBLANT D'AVOIR MAL ENTENDU.
TU ES JALOUX. JALOUX DE NITOBE.
ÇA FAISAIT LONGTEMPS QUE JE N'ÉTAIS PAS APPARU.
...
JALOUX ...
C'ÉTAIT... DONC ÇA.
QUAND JE REPENSE À L'ÉPOQUE OÙ TU RIAIS EN VOYANT SA CULOTTE...
QUI AURAIT CRU QU'UN JOUR, TU SERAIS JALOUX ?
ARRRRGH ! J'AI HONTE !
TU NE T'EN ÉTAIS RÉELLEMENT PAS RENDU COMPTE ?!
QUEL DRÔLE DE SENTIMENT

ÇA SE COMPREND, TU SAIS. MÊME SI C'EST POUR LA FÊTE DU LYCÉE, C'EST PRÉOCCUPANT DE VOIR SA COPINE AVEC UN AUTRE GARÇON.
SURTOUT HIYORIN.
JE ME SUIS COMPORTÉ DE FAÇON HORRIBLE...
QUOI QU'IL EN SOIT, JE SUIS RASSURÉ.
ON A TOUJOURS SU QUE HIYORIN ÉTAIT FOLLE DE TOI...
... MAIS MAINTENANT, ON SAIT QUE TES SENTIMENTS POUR ELLE SONT EUX AUSSI SÉRIEUX !
COFFEE

PAF
AÏE !
AÏE !
CE N'EST PAS PARCE QUE TU AS HONTE QUE TU DOIS ME TA-PER !
PAF
HA HA ! TU ES RI-GOLO, AU-JOURD'HUI, YUSHIN !
HI...
HIROSE ? À CAUSE DE MOI... ?
JA... JAJA... JALOUX ?
GRRR
OUI ! ET TOI, TU LUI DIS : « J'AIME KO » !
JE NE SUIS AMOUREU-SE QUE DE HIROSE !
QUI POURRAIT VOULOIR DE CETTE NAINE ?!
QUOI ? TU L'AIMES ?
HEEEIN ?!
NITOBE ! C'EST RÉCI-PROQUE ?
OH, LÀ, LÀ ! UN TRIAN-GLE AMOU-REUX !

ON... ON AVAIT DIT... PAS LA TAILLE...
OUPS...
AH BON...
EH BIEN !
C'EST À YUSHIN QUE TU DOIS LE DIRE !
JE VAIS ALLER M'EX-CUSER TOUT DE SUITE.
AU FAIT...
... TIENS, KO. MERCI, MAIS...
... ÇA IRA.
QUANT À CE QUE J'AI DIT TOUT À L'HEURE...
PEPPER

... C'EST VRAI QUE JE T'AIME, MAIS...
... EN TANT QU'AMI PRÉ-CIEUX !
TU ME SOÛLES.

DÉPÊCHE-TOI D'Y ALLER.
DIS DONC, RITSUKA...

CES TEMPS-CI, TU OBSERVES BEAUCOUP LES 2-2...
ギクッ
GLOUPS
C'EST ENCORE LUI QUE TU RE-GARDES ?
QUELQUE CHOSE ME TRACASSE À SON SUJET.
JE ME DEMAN-DE...
... S'IL N'EST PAS AMOUREUX DE HIYORI.
HAA
HAA

OÙ PEUT BIEN ÊTRE HIROSE ...?
PEUT-ÊTRE DEHORS ?
んしょ
HO ! HISSE !
HIYORIN.
*DOCUMENTATION
*資料室
HIROSE... JE...
ATTENDS UNE SECONDE !

LAISSE-MOI PARLER EN PREMIER.
あう AH
あう AH
TOUT À L'HEURE, J'AI DIT UNE CHOSE IDIOTE.
JE SAIS QUE SI TU TE DONNES TOUT CE MAL, C'EST POUR LA CLASSE.
SIMPLEMENT...
... À FORCE DE TE VOIR T'AMUSER AUTANT AVEC KO...
... ÇA A FINI PAR ME PESER.
J'ÉTAIS JALOUX. C'ÉTAIT STUPIDE. EXCUSE-MOI.

C'EST...
... À MOI DE M'EXCUSER. JE N'AI PAS SU COMPRENDRE CE QUE TU RESSENTAIS...
J'AI ÉTÉ INSENSIBLE.
C'EST... LA PREMIÈRE FOIS QUE JE ME RETROUVE DANS UNE SITUATION PAREILLE...
JE SAIS, JE SAIS.
DE LA JALOUSIE... ÇA ALORS...
EN TOUT CAS...
... SACHE QUE SI J'AI PU M'INVESTIR AUTANT DANS MON RÔLE D'ORGANISATRICE, C'EST GRÂCE À TOI.
TOI ET MOI, NOUS SOMMES TELLEMENT À L'OPPOSÉ L'UN DE L'AUTRE...

JE VOULAIS M'ÉLEVER À TA HAUTEUR.
キーン
DING DONG
コーン
AH... ÇA SONNE.
NOUS DEVONS Y ALLER.
カーン
DANG

JE T'AIME.

JE NE TE L'AVAIS PAS ENCORE VRAIMENT DIT.
J'AIME QUAND TU ES COMME ÇA.
MAIS CE N'EST PAS UNE RAISON POUR T'ÉPUISER AUTANT.
JE CROIS QUE TU ES LOIN DE TE DOUTER À QUEL POINT JE...

GWIII
ぎゅーう
HIYORIN... TU RESPIRES ENCORE ?
À...
À PEINE...
OUI.
JE LE SENS.
DODOM
ドキン
À EN ÉTOUFFER, PRESQUE.
DODOM
ドキン
MERCI, HIROSE.
DODOM
ドキン

À PROPOS, HIYORIN...
IL SERAIT TEMPS QUE TU COMMENCES À M'APPELER PAR...
... MON PRÉ...
ZZZZ
すや
...
TU ES FATIGUÉE...
すや すや ZZZZ
HIRO...
... SE...

FINALEMENT, NON...
文化祭*
あと**
1***
*LA FÊTE SE TIENDRA
**DANS
***JOURS !

J'AI HÂTE QU'ON SOIT DEMAIN !
IL FAIT NUIT !
NOUS AVONS FINI LES PRÉPARATIFS À TEMPS !
C'EST TRISTE DE PENSER QUE DEMAIN TOUT SERA FINI.
HA HA HA !
あはは
LA FÊTE N'EST PAS COMMENCÉE QUE TU PARLES DÉJÀ DE SA FIN !
ELLE A RAISON, HIYORIN !
TOUT LE MONDE ! ON VA BIEN S'AMUSEEEER !
J'ADORE LES FÊTES !
OUAAAAIS !
MIYOKO, TU VOLES LE RÔLE DES ORGANISATEURS !
QUELLE PÊCHE !
KO ! JE COMPTE SUR TOI, DEMAIN !
POUR LA DERNIÈRE LIGNE DROITE.
...

HM.
IL A RÉPONDU !
DOCILE-MENT !
DEMAIN ...
... C'EST LE GRAND JOUR !

*FÊTE DU LYCÉE NISSEI
**INFORMATIONS
日世高校文化祭*
案内**
OUAH !
DODOM
ドキ
PARFAIT, CE COSTUME ! ☆
ドキ
DODOM

HIYOKOI

YUSHIN, ÇA TE VA COMME UN GANT !
ON SENT LA MOTIVATION !
HIROSE EST SUPERBE !
QU'EST-CE QUE TU FAIS, LÀ-DERRIÈRE ?
C'EST DRACULA !
HIYORIN ! TU VEUX QUE JE PRENNE UNE PHOTO DE TOI AVEC YUSHIN ?
QUOI ?
HÉÉÉ ! YUSHIN !
HEIN ?
かあぁっ
BLUSH
?!

JE... JE... JE VAIS ME CHANGER !
TSAA
YUSHIN... TU AS ENCORE FAIT QUELQUE CHOSE À HIYORIN ?
RIEN DE PARTICULIER...
TAP TAP TAP
QU'EST-CE QUE TU LUI AS FAIT ?!
DEPUIS LA DERNIÈRE FOIS... JE N'OSE PLUS LE REGARDER EN FACE.
BIEN DORMI, HIYORIN ?
?!
POURQUOI FAUT-IL TOUJOURS QUE JE M'ENDORME ? J'AI HONTE !
DITES...
C'EST QUOI, CETTE BLAGUE ?
VOUS VOUS MOQUEZ DE MOI ?
?
DE QUOI TE PLAINS-TU ? CES COSTUMES NOUS ONT DEMANDÉ BEAUCOUP D'EFFORTS !
CLAN "COUTURE".
NOUS AVONS CHOISI CE QUI IRAIT LE MIEUX À CHACUN !

CE N'EST PAS LE PROBLÈME...
CE SERAIT UN COMBLE QUE L'ORGANISATEUR REFUSE SON DÉGUISEMENT.
...
ELLE L'EMMÈNE DE FORCE.
LÂ... LÂCHE-MOI...
IL NE VEUT PAS SE DÉGUISER EN MONSTRE ?
VOICI ENFIN LE JOUR TANT ATTENDU DE LA FÊTE.
2-2
ゴースト カフェ*
VENEZ AU GHOST CAFÉ !
DE JOLIS MONSTRES VOUS Y ATTENDENT...
... AVEC DE DÉLICIEUX GÂTEAUX ! ♡
BRAVO, REINA ! DES CLIENTS ARRIVENT !
ELLE N'ATTIRE QUE LES GARÇONS.
TOI, LE BEAU GARÇON, LÀ ! PROMOTION SPÉCIALE.
HI HI HI !
QUI VEUT DES CRÊPES ?

*GHOST CAFÉ

4

L'ANNONCE DE LA DÉDICACE N'A ÉTÉ FAITE QUE DANS LE MAGAZINE RIBON. CERTAINS LECTEURS M'ONT FAIT PART DE LEUR DÉCEPTION, N'AYANT PU VENIR FAUTE D'ÊTRE AU COURANT, ALORS QU'ILS N'HABITAIENT PAS LOIN. SI J'AVAIS EU UN BLOG OU UN COMPTE TWITTER, J'AURAIS PU PRÉVENIR LES GENS À PLUS GRANDE ÉCHELLE... NAVRÉE... JE NE SUIS PAS À LA PAGE. EN RÈGLE GÉNÉRALE, CE TYPE D'INFORMATION EST DIFFUSÉ RAPIDEMENT SUR LE SITE OFFICIEL DU MAGAZINE, DONC GARDEZ UN ŒIL DESSUS.☆ AU PRINTEMPS, JE PARTICIPERAI À UN NOUVEL ÉVÉNEMENT EN PUBLIC. J'AI HÂTE DE VOUS REVOIR ! CEUX ET CELLES QUI N'ONT PAS PU VENIR LES FOIS PRÉCÉDENTES, J'ESPÈRE AVOIR UN JOUR L'OPPORTUNITÉ DE VOUS RENCONTRER ! POUR TOUS VOS COMMENTAIRES, ÉCRIVEZ-MOI À :

YUKIMARU MOE
119-0161
SHUEISHA
C/O RIBON - HENSHUBU

クレープ
TU N'ES PAS AVEC YUSHIN, HIYORIN ?
MISA !
HÉLAS, NOS HORAIRES DE SERVICE NE CORRES-PONDENT PAS.
NE SOIS PAS TRISTE. NOUS VIEN-DRONS TE VOIR DÈS QUE NOUS SERONS LIBRES !
EN TOUT CAS, TA CLASSE A DU SUCCÈS !
OUI !
AH BON ?
J'AI VU PASSER DES GENS QUI EN PARLAIENT. LE BOUCHE À OREILLE FONCTIONNE BIEN !
TANT MIEUX !
C'EST PEUT-ÊTRE L'EFFET REINA ?
OU... OU ALORS...
« YUSHIN, CE COS-TUME TE VA BIEN ! »
« OH NON ! TU AS UNE COPINE ?! »
« ON S'EN FICHE ! C'EST LA PETITE ! »
« TU ES BEAU ! »
... C'EST L'EFFET YUSHIN ?!
JE... JE DOIS VOUS LAISSER !
HIYORIN ! OÙ COURS-TU ?
*CRÊPES

BLA BLA
BLA BLA
FAITES LA QUEUE !
IL... IL EST ENTOURÉ...
HIYORIN !
HA HA HA ! YUSHIN DÉGUISÉ !
JE CROYAIS QUE TU DEVAIS FAIRE DU RABAT-TAGE DE CLIENTS ?
TU AS DÉJÀ FINI ?
EUH...
COMMENT DIRE...
ÇA SUFFIT, VOUS AUTRES. ENTREZ VITE.
CE N'EST PAS SYMPA. PRÉSENTE-NOUS !
OUSTE.
CE SONT DES AMIES DU COL-LÈGE.
AH BON.
VOUS AVEZ VU ?
C'EST LA PETITE AMIE DE YUSHIN ! AUSSI PETITE QU'ON LE DIT !
COMME ELLE EST MIGNON-NE !
COMBIEN MESURE-T-ELLE ?

*BROCANTE
**ENTREZ PARTAGER UN MOMENT DE TERREUR... ***ENTRÉE

EXIT ONLY
BIENVENUE AU GHOST CAFÉ !
CE SONT YUSHIN ET HIYORIN.
PAS DES CLIENTS !
MOI QUI ME DEMANDAIS QUI POUVAIT AVOIR CRIÉ COMME ÇA...
ÇA VA ?
BRRR ぶる
MITTAN ET TANAKA... ILS SONT À FOND DANS LEURS RÔLES !
MÊME EN SACHANT QUE C'EST EUX, ILS FONT PEUR.
ぶる BRRR
N'EST-CE PAS ?
DONNEZ-MOI VOTRE BONHEUR...
GNA HA HA HA !
AAAAH !
MENU
↑ MIYOKO
IL Y A LA QUEUE À L'EXTÉRIEUR ! QUEL SUCCÈS !
C'EST GRÂCE À NOTRE VENDEUSE EXTRAORDINAIRE.
S'IL TE PLAÎT ! LE MENU !
JEUNE FILLE ! ♡
ピ TILT
ク ッ

HÉ ! TU AS ENTENDU ?
DÉPÊCHE-TOI !
OH, ÇA VA, HEIN.
TIENS. CONTENT ?
COMME… COMME ELLE EST BELLE !
OH…
HÉ HÉ
HÉ HÉ

NI... NISHIYAMA... QUE... QUE FAIS-TU ICI ?
KO ? C'EST TOI ? COMME TU ES JOLI !
TU N'ES PAS DE SERVICE !
IL FAUT ÊTRE PLUS SOURIANTE AVEC LES CLIENTS, MA PETITE KO !
ON LUI A DEMANDÉ CINQ FOIS SON ADRESSE E-MAIL.
EN TANT QUE VRAIE FILLE, C'EST VEXANT.
ON DEVRAIT PEUT-ÊTRE IMITER SON AGRESSIVITÉ.
SI ÇA PLAÎT.
EUH... NON ! ICI, C'EST LE "GHOST CAFÉ", PAS LE "GROGNE CAFÉ" !
TOUT DE MÊME, JE SUIS ÉTONNÉ QUE TU AIES ACCEPTÉ DE METTRE CE COSTUME.
TU ES MÊME MAQUILLÉ !
SECRÈTEMENT, TU AIMES ÇA !
NON !
COMME JE SUIS HEUREUSE QUE TU FASSES AUTANT D'EFFORTS, KO ! TU NE MENTAIS PAS, HIER SOIR, QUAND TU M'AS DIT : « NOUS ALLONS TOUT DONNER » !
JE COMPTE SUR TOI, DEMAIN !
NOUS ALLONS TOUT DONNER !
NE RÉINVENTE PAS LE PASSÉ !
J'AI JUSTE DIT : "HM".
IL FAUT APPORTER ÇA À LA TABLE TROIS !
À TOI DE JOUER, KO !

PRENDS UNE VOIX AIGUË. SOIS MIGNON !
PAS CASSANT !
SI TU N'ARRIVES PAS À RÉCITER LE MENU, TU AURAS UN GAGE !
IL DISCUTE AVEC LES AUTRES FILLES !
LUI ! KO !
GLOING
YUSHIN, J'ÉCHANGE TON SHIFT AVEC LE MIEN. VA DONC FAIRE UN TOUR AVEC HIYORIN !
MOI, JE N'AI RIEN DE PARTICULIER À FAIRE.
HEIN ?
DODOM
VRAIMENT ?
TU ME REMPLACERAS À DEUX HEURES !
NE SOIS PAS EN RETARD.
TAC

AAAH !
KLANG
?!
KO ! LE PAUVRE...
EUH... JE VEUX DIRE...
LA PAUVRE !
TOMBÉ
TIENS ?

TA CULOTTE, ELLE N'EST PAS COMME CELLE DE MAMAN !
ON DIRAIT CELLE DE PAPA !
CHUT, VOYONS !
POURQUOI ?
CHOC
C'EST UN GARÇON ...?!
K... KO ! TOUT VA BIEN ?
OU...

*SORTIE
**CRÊPES
OUIIIIN !
KO !
C'EST UN GARÇON...
ON VIENT PRENDRE LA RELÈVE !
ALLEZ VOUS AMUSER.
D'AC-CORD !
IL Y A DES AN-CIENNES DU COL-LÈGE.
J'AI REÇU UN MAIL.
AH BON ? ALORS ALLONS VOIR AU "GHOST CAFÉ" !
APPOR-TONS À HIYORI DE QUOI MAN-GER.
VAS-Y, JE TE REJOINS PLUS TARD.
TAP TAP
TAP TAP
TAP TAP
QUE...?

TAP TAP
MAIS... C'ÉTAIT ...?!
HÉ !
ATTENDS !
NI...
NITOBE ?!

QU'EST-CE QUE... TU FAIS...?
*ENTREZ PARTAGER UN MOMENT DE TERREUR...
GHOST CAFE
QUOI ? ENFUI ?
LE COSTUME... C'EST TOI QUI L'AS FORCÉ, REINA !
IL NE VOUDRA PLUS JAMAIS PARLER À PERSONNE...
IL EST PROBABLEMENT TRÈS BLESSÉ.
TOUT LE MONDE A VU SES SOUS-VÊTEMENTS, EN PLUS.
LUI QUI COMMENÇAIT ENFIN À S'OUVRIR...
CE COSTUME, VOUS M'AVEZ AIDÉE À LE FAIRE.
VOUS ÊTES AUSSI COUPABLES.
IL FAUT DIRE QUE ÇA LUI VA BIEN.

QU'EST-CE QU'ON FAIT ? ON VA S'EXCUSER TOUS ENSEMBLE ?
JE VAIS Y ALLER MOI.
SI TOUT LE MONDE EST LÀ, IL NE VOUDRA PAS SE MONTRER.
MAIS ON NE PEUT PAS LE LAISSER NON PLUS.
TU AS RAISON.
HIROSE...
JE VIENS AVEC TOI !
TIENS.
TIENS. J'AI EMPRUNTÉ ÇA POUR TOI.
*メイク落とし シート
*LINGETTES À DÉMAQUILLER

MOI, JE NE ME MAQUILLE PAS.
SHRIT
MERCI.
C'EST DOMMAGE DE TE DÉMAQUILLER. ÇA TE VA SI BIEN...
IL S'EST CHANGÉ.
TSAAA
OUPS... IL EST VRAIMENT VEXÉ, ON DIRAIT...
DÉCIDÉMENT...
... C'EST NUL, CES TRUCS.
POURQUOI EST-CE QUE JE DOIS SUBIR CETTE HUMILIATION ?
C'EST POUR ÇA QUE JE DÉTESTE LES ÉVÉNEMENTS SCOLAIRES.

OH, LÀ, LÀ. QUEL RABAT-JOIE.
PAF
JE NE SAIS PAS CE QUI T'A MIS DANS CET ÉTAT, MAIS TIENS. MANGE ÇA.
QU'EST-CE QUE C'EST ?
CE TRUC.
UNE CRÊPE. ÇA VIENT DE MA CLASSE.
LA VERSION "SUPER DELUXE" !
JE L'AVAIS APPORTÉE POUR HIYORI, MAIS JE TE LA DONNE.
LA CHANTILLY, CE N'EST PAS MON TRUC...
LA CHANTILLY C'EST TRÈS BON, ET ÇA TOMBE BIEN, IL Y EN A PLEIN !
...

TU L'AIMES VRAIMENT, NISHIYAMA...
SI JE L'AIME ? JE L'ADORE ! C'EST MA MEILLEURE AMIE !
ÇA TE POSE UN PROBLÈME ?
MOI, JE NE L'AIME PAS.
ELLE PLEURE POUR UN RIEN. ELLE EST NIAISE. ET ELLE EST PÉNIBLE.
...
ELLE M'ÉNERVE PARCE QU'ELLE M'EMPÊCHE D'ALLER À MON RYTHME.
NITOBE...

... TU AS OUBLIÉ D'EN-LEVER TES FAUX CILS.
ÇA FAIT BIZARRE QUAND TU CLIGNES DES YEUX.
A... AÏE !
SHRIT
SHRRRIT
NE BOUGE PAS !
AVEC QUOI C'EST COLLÉ ?!
DE MON POINT DE VUE, EN TOUT CAS...
... TU ES GENTIL AVEC HIYORI.
QUOI ?!
PENDANT LE FEU D'ARTIFICE... LA RAISON POUR LAQUELLE TU L'AS SUIVIE AVEC MOI, C'EST QUE ÇA TE DÉMANGEAIT.
NON. C'EST PARCE QUE TU M'AS FORCÉ.
TU ES TOUT DE MÊME RESTÉ JUSQU'AU BOUT.
AH !
SHRIT

JE L'AI EU...
BLUSH
...

AAAAAAH !
BOM
ガターン
KATAM
TU AS ENTENDU CE BRUIT ?
QU'EST-CE QUI T'A PRIS ?
AÏE…
ARGH…
JE… JE… JE M'EXCUSE… UN COUP DE PANIQUE…
BREF. QUAND TU DIS QUE TU N'AIMES PAS HIYORI, JE NE TE CROIS PAS.
VOUS AVEZ ÉTÉ MEMBRES DU COMITÉ D'ORGANISATION ENSEMBLE.
C'EST LE HASARD QUI A DÉCIDÉ POUR NOUS.
SI TU LA DÉTESTAIS, TU NE T'OUVRIRAIS PAS AUTANT À ELLE.

AVOUE. EN FAIT, TU ES...
... AMOUREUX D'ELLE.

POURQUOI EST-CE QUE ÇA TE PRÉOCCUPE AUTANT ?
HEIN ?
BOM
BOM
HÉ ! IL Y A QUELQU'UN LÀ-DEDANS ?
C'EST FERMÉ À CLÉ.
KO ! SI TU ES LÀ, RÉPONDS !
KO !

BOM
HÉÉÉ !
...
TU ES LÀ ?
BOM
BOM
TAC
VOICI L'HOMME QUE VOUS RECHERCHEZ.
BAM
DÉNONCIATION.
RICCHAN !
TU DEVAIS ME CACHER !
KO ! TU ES LÀ ! J'AVAIS PEUR QUE TU NE SOIS RENTRÉ !
MAIS TOUT LE MONDE EST TRÈS INQUIET.
JE SAIS QUE C'EST EMBARRASSANT, D'AVOIR MONTRÉ TES SOUS-VÊTEMENTS EN PUBLIC...
ELLE EN A FAIT L'EXPÉRIENCE.
NE PARLE PAS DE SOUS-VÊTEMENTS.
ÇA VA, ÇA VA. TU VEUX QUE JE REVIENNE, C'EST ÇA ?
ÉTRANGE...
JE TE TROUVE BIEN DOCILE ! RICCHAN T'A FAIT UN SERMON ?

NON.
ZWIP
フイッ
QUELLE SYNCHRONI-SATION !
TU AS FINI TON SHIFT, RICCHAN ? ALORS VIENS VOIR NOTRE CLASSE ...
OUI !
MAIS AVANT, J'AI QUELQUE CHOSE À FAIRE.
JE VIEN-DRAI PLUS TARD AVEC MISA.
D'ACCORD ! JE VOUS ATTENDS !
À TOUT À L'HEURE.
QU'EST-CE QUE TU AS EN MAIN, KO ?

C'ÉTAIT POUR NISHIYAMA, IL PARAÎT.
DE LA PART DE RICCHAN ?
OUI. MAIS ELLE ME L'A DONNÉ.
CE N'EST PAS CLAIR ...
QU'IMPORTE.
RETOURNONS-Y.
OUI !
TAP TAP

ELLE AURA BEAU DIRE... C'EST QUAND MÊME UNE NAINE.
MUH ボソッ
HEIN ? TU AS DIT QUELQUE CHOSE ?
ZWIP くるり
NON, RIEN.
AVEC DES OREILLES BIONI-QUES.
...
C'EST SUCRÉ ...
HÉ, KO ! TU POUR-RAIS PAR-TAGER !
KO ! TE REVOILÀ !
TU AS ENLEVÉ TON COSTUME ! QUEL DOM-MAGE !
NOUS REGRET-TONS !
EN TOUT CAS, NOUS SOMMES RASSURÉS ! PARDON, KO !

LES CLIENTS T'ONT ATTENDU.
EN GARÇON, TU ES AUSSI LE BIENVENU !
C'EST MÊME MIEUX !
ON TE REMAQUILLE ? ♡
GLOUPS
ゴクリ…
TAC
ガシッ
ALLEZ. C'EST POUR LA CLASSE.
ガシ
TAC
VOUS NE REGRETTEZ RIEN DU TOUT !
LAI... LAISSEZ-MOI TRANQUILLE !
AAAAAAH !
QUEL SUCCÈS, CE KO !
TIENS ? IL Y A PLUS DE FILLES QUE TOUT À L'HEURE !
ELLE DEVRAIT ÉCHANGER DE SEXE AVEC KO.
VOUS ÊTES MIGNONNES, TOUTES.
キャー
KYAAAAH !
QUELLE POPULARITÉ !
NATSUKI A BIEN TRAVAILLÉ, PENDANT VOTRE ABSENCE !
KYAAH
キャッ
KYAAH
キャッ
ET NOUS, LES MONSTRES ? ON NOUS OUBLIE ?
...

*SORTIE
RITSUKA ! ON VA VOIR LE CAFÉ DE HIYORI ?
TOUT LE MONDE ADORE !
QU'EST-CE QUI T'AR-RIVE ? TU N'AS PAS L'AIR BIEN, DEPUIS TOUT À L'HEURE ...
JE NE SAIS PAS. JE ME SENS BIZARRE.
TU ES MALADE ? TU AS TROP MANGÉ ?
PENDANT QUE JE N'ÉTAIS PAS LÀ ?
J'AI... DU VAGUE À L'ÂME.
QU'EST-CE QUE TU AS MANGÉ ?
GRÂCE ...
... À NATSUKI, À KO ET À TOUS LES AUTRES, LA JOURNÉE S'EST TER-MINÉE...
... LAIS-SANT À TOUS LE SOUVENIR D'UN SUC-CÈS MÉ-MORABLE.

BRAVO À TOUS !
SANTÉ !
NOUS AVONS FINI À LA DEUXIÈME PLACE DU CLASSEMENT !
QUOI ?
QUI EST PREMIER ?
LA CLASSE 3-5. LE "BAR DE TRAVESTIS".
VIENS PAR ICI ! TOI AUSSI, KO !
ÇA RESSEMBLE À CE QU'ON A FAIT !
SPLORT
RICCHAN N'EST PAS VENUE, FINALEMENT...
ELLE DEVAIT ÊTRE TROP OCCUPÉE.
HIYORIN !
HEIN ?

NOUS VOUS AVONS ÉCRIT NOS REMERCIEMENTS.
« VOUS, REPRÉSENTANTS DE LA CLASSE AU COMITÉ D'ORGANISATION…
« … AVEZ FAIT D'IMMENSES EFFORTS POUR NOUS TOUS…
« … ET NOUS TENONS À VOUS TÉMOIGNER NOTRE GRATITUDE. »
NOUS AVONS TOUS SIGNÉ.
C'EST FAIT À LA MAIN.
AU DÉBUT, NOUS ÉTIONS UN PEU INQUIETS.
あはは
AAAA
VOUS AVEZ ÉTÉ SUPER.
SIGNÉ, TOUTE LA CLASSE DE 2-2.
BRAVO.
…
TIENS.

PARDON... D'ÊTRE SI PEU UTILE...
TU T'ES DONNÉ BEAUCOUP DE MAL.
TOI AUSSI, KO ! DIS QUELQUE CHOSE !
HEIN ?
BOF...
CE N'ÉTAIT PAS SI MAL.
ÇA VEUT DIRE QU'IL S'EST AMU-SÉ COMME JAMAIS !
GÉNIAL !
JE N'AI PAS DIT ÇA !

KO ME FAIT PENSER À TOI, EN PREMIÈRE ANNÉE.
EN PREMIÈRE ANNÉE ...?
HÉ HÉ HÉ !
L'ÉPISODE DE LA CULOTTE ...?!
は
ARGH
TU AS CHANGÉ, HIYORIN.
TU... TU LE PENSES VRAIMENT ?
À L'ÉPOQUE...
... HIROSE ET LES AUTRES ÉTAIENT VENUS ME CHERCHER, QUAND MOI AUSSI JE M'ÉTAIS ENFUIE.
VOUS DEUX !

JE VOUS PRENDS EN PHOTO ?
JUN ! C'EST SYMPA DE TA PART !
DODOM
ドキッ
UNE PHOTO SEULE AVEC HIROSE ? ♡
VENEZ TOUS !
TOI AUSSI, KO ! LA COQUELUCHE DE LA JOURNÉE !
GÉNIAL ! ON ARRIVE !
A… AVEC TOUT LE MONDE… ?
SACRÉ YUSHIN.
TSSS…
LE BALOURD.
OUAIS
ワイ
OUAIS
ワイ
COLLE
JE SUIS À CÔTÉ DE LUI. C'EST L'ESSENTIEL !

SOURIEZ !
PEUT-ÊTRE QUE...

... SANS QUE JE M'EN APERÇOIVE, BEAUCOUP DE CHANGEMENTS SONT EN TRAIN DE S'OPÉRER...
... DOUCEMENT... L'UN APRÈS L'AUTRE !
À SUIVRE...

HIYO-STRIP

❤ CONTRE LE FROID ❤

DORMIR ENSEMBLE

DORMIR ENSEMBLE 2

ÉLECTRICITÉ STATIQUE

OPPOSÉS

FIN

* AU JAPON, UNE COUTUME RÉCENTE VEUT QUE L'ON MANGE DU POULET FRIT LE SOIR DE NOËL. (NDT)

MANGA BONUS

♡ LE JOURNAL DE MITTAN ♡

CE QUI COMPTE, CE SONT LES SENTIMENTS QUE TU VEUX FAIRE PASSER. MÊME SI TU N'ARRIVES PAS À BIEN LES EXPRIMER.
N'OUBLIE PAS QUE TON PETIT AMI SORT AVEC TOI PARCE QU'IL T'AIME, LUI AUSSI. LE MOINDRE PETIT MOT LUI FERA PLAISIR !
GLOING
MITTAN A DONNÉ UNE RÉPONSE JUSTE !
ÉTONNANT !
OUAH !
ATTENDRIE
J'AI VÉCU ÇA, PAR LE PASSÉ.
JE DÉBUTAIS UNE RELATION, CHAQUE JOUR, J'ÉTAIS ANGOISSÉE...
QUE FAIS-TU EN CE MOMENT ?
QUAND POURRONS-NOUS NOUS VOIR ?
AVEC QUI ES-TU ?
CLIC
CLIC
CLIC
JE N'ARRÊTAIS PAS D'ENVOYER DES E-MAILS.
J'AI ENVIE DE TE VOIR !
CLIC
CLIC
MIYOKO À L'UNIVERSITÉ.
HÉLAS, MES SENTIMENTS NE SONT PAS BIEN PASSÉS.
IL M'APPELLE !
RÉPOND AU QUART DE TOUR.
ALLÔ ? TU AS VU MES MESSAGES ? COMME TU NE RÉPONDAIS PAS, JE COMMENÇAIS À M'INQUIÉTER...
MIYOKO...

... TU ME FAIS PEUR.
BIP
TÛÛÛT
TÛÛÛT
TÛÛÛT
À TROP VOULOIR METTRE SES SENTIMENTS EN MOTS, PARFOIS, ILS NE PASSENT PLUS.
CET ÉPISODE M'A PERMIS DE LE COMPRENDRE DOULOUREUSEMENT.
MITTAN... TU ES L'EXEMPLE PARFAIT DE CE QU'IL NE FAUT PAS FAIRE...
SI VOUS AUSSI, VOUS AVEZ DES PROBLÈMES, FAITES APPEL À MOI !
INQUIÈTE-TOI DE TOI-MÊME, D'ABORD.
À LA PROCHAINE FOIS !
HUM
VOTRE COACH DE VIE SERA PEUT-ÊTRE DE RETOUR LA PROCHAINE FOIS ?

FIN

THANK YOU ♥

MERCI D'ÊTRE RESTÉS JUSQU'AU BOUT !
AU MOMENT OÙ J'ÉCRIS CES LIGNES, NOUS SOMMES EN FÉVRIER. J'AI L'IMPRESSION QUE L'HIVER TRAÎNE EN LONGUEUR… VIVEMENT LE PRINTEMPS !

SOUHAITONS QUE LES PREMIÈRES CHALEURS SOIENT LÀ QUAND CET OUVRAGE PARAÎTRA !
J'ESPÈRE VOUS RETROUVER DANS LE PROCHAIN VOLUME !
FÉVRIER 2012, YUKIMARU

SPECIAL THANKS
YUZUPON, MOCCHAN, ENO-SAN, KOTSUBUCHAN, HYUCHAN, MINAMIN
MON RESPONSIBLE ÉDITORIAL, AINSI QUE TOUTE L'ÉQUIPE DE RIBON !

SHOOTING STAR LENS 1

Mayu Murata

Série en cours

Risa est une jeune fille discrète et sans aucune expérience amoureuse. **Yûgure** est le plus populaire des garçons de deuxième année de son collège.

Rien ne rapproche ces deux jeunes gens, et pourtant, lorsqu'ils se croisent un beau soir devant l'école…

Découvrez le premier épisode de cette poignante histoire d'amour !

SHOJO

Directeur de la publication
ALAIN GUERRINI
Directeur division Publishing
SÉBASTIEN DALLAIN
Comité de direction
A. GUERRINI
S. DALLAIN
H. FUMET
Directeur éditorial européen
MARCO M. LUPOI
Responsable éditorial
WALTER DE MARCHI
Responsable marketing opérationnel
MAGALIE BRUTIN
Chef des ventes
GUILLAUME COUÉ
Coordinatrice commerciale
VALÉRIE BRYNDZA
Contrôleuse de gestion
OLIVIA FAURE
Communication et relations presse
SOPHIE CONY
Coordinateurs éditoriaux
MATTEO LOSSO
VÉRONIQUE PARRA
ANNA RODELLA
Supervision
LAETITIA SAMMARTINO
Rédaction
PAULINE GIOVANOLLA
SANDRINE VAUBOIS
Rédacteur
MATTIA DAL CORNO
Directeur artistique
MARIO CORTICELLI
Conceptrice graphique
CHIARA BENASSI
Maquettiste
ALEJANDRO ARIEL RONCAGLIA
Responsable production
ALESSANDRO NALLI
Avec la collaboration de toute l'équipe de Panini.

HIYOKOI 7
ISBN : 978-2-8094-3278-7

Une publication PANINI MANGA / PANINI FRANCE S.A.

Commercialisation et relations médias :
PANINI FRANCE S.A.
Z.I. SECTEUR D - B.P. 62
06702 SAINT-LAURENT-DU-VAR CEDEX
www.paninimanga.fr
presse-bd@panini.fr
Tél. 04 92 12 57 57
Fax 04 92 12 57 58

Scénario et dessin
MOE YUKIMARU

Traduction
ARNAUD TAKAHASHI

Lettrage
LARA IACUCCI

ATTENTION !

Ceci est la fin du volume.
Pour aller au début de l'histoire,
commencez de l'autre côté
et lisez les bulles de droite
à gauche.